ÉLISE,

la fée

de l'équitation

Pour Alpha O'Brien,
avec beaucoup d'amour

Un merci spécial à Sue Mongredien

Catalogage avant publication de Bibliothèque et Archives Canada
Meadows, Daisy
[Helena the horse-riding fairy. Français]
Élise, la fée de l'équitation / auteure et illustratrice, Daisy
Meadows ; texte français d'Isabelle Montagnier.
(Arc-en-ciel magique. Les fées des sports ; 1)
Traduction de: Helena the horse-riding fairy.
ISBN 978-1-4431-3297-8 (broché)
I. Montagnier, Isabelle, traducteur II. Titre. III. Titre: Helena
the horse-riding fairy. Français IV. Collection: Meadows, Daisy
Arc-en-ciel magique. Les fées des sports ; 1
PZ23.M454Eli 2014   j823'.92   C2013-904667-4

Édition publiée par les Éditions Scholastic, 604, rue King Ouest, Toronto
(Ontario) M5V 1E1
5 4 3 2 1   Imprimé au Canada 139   14 15 16 17 18

ÉLISE,
la fée de l'équitation

Daisy Meadows

Texte français d'Isabelle Montagnier

Éditions
SCHOLASTIC

Le palais du Royaume des fées

Le terrain de stationnement

Autobus

Les écuries

Le stade de soccer J. Fontaine

Les terrains de basketball

La ville de Combourg

Les terrains de soccer

CENTRE DE LOISIRS

La piscine

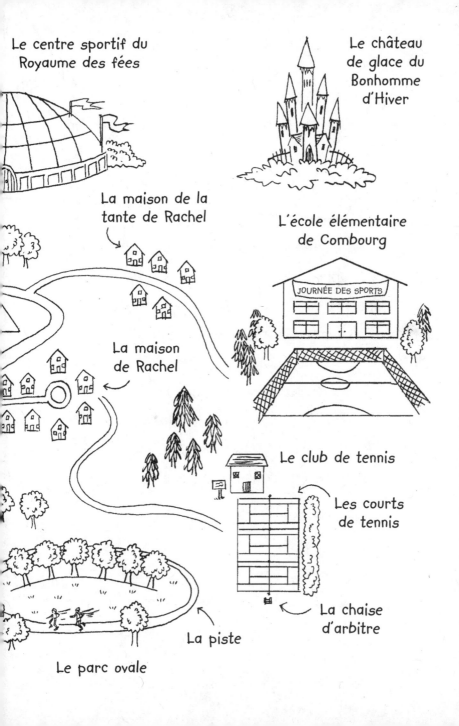

Le centre sportif du Royaume des fées

Le château de glace du Bonhomme d'Hiver

La maison de la tante de Rachel

L'école élémentaire de Combourg

JOURNÉE DES SPORTS

La maison de Rachel

Le club de tennis

Les courts de tennis

La chaise d'arbitre

La piste

Le parc ovale

Les Olympiades des fées vont bientôt commencer.
Cette année, mes gnomes habiles y participeront
et grâce au plan diabolique que j'ai manigancé
ils remporteront toutes les compétitions.

Munis des objets magiques des sports,
ils se distingueront par leur excellence
et gagneront toutes les médailles d'or.
À vos marques! Prêts? Que les jeux commencent!

Table des matières

Un message magique

Rachel Vallée finit d'attacher ses cheveux et lance à sa meilleure amie :

— Ça y est! Je suis prête. Et toi?

Karine Taillon boutonne son pantalon d'équitation et lui répond en souriant :

— Oui. J'ai tellement hâte!

C'est le premier jour des vacances de printemps et Karine passe la semaine chez

Rachel. Dans quelques minutes, elles vont se rendre aux écuries de Combourg pour y prendre une leçon d'équitation. Les deux fillettes attendaient ce moment avec impatience. Quand elles sont ensemble, elles s'amusent toujours beaucoup et vivent des aventures palpitantes!

Karine est sur le point d'ouvrir la porte quand quelque chose attire son attention. La boîte à musique de Rachel est ouverte sur sa commode alors qu'elle était fermée, il y a une minute à peine.

— Rachel, dit-elle en montrant la boîte du doigt. Regarde!

Elles se précipitent toutes les deux vers la commode. Le roi et la reine des fées ont donné à chacune une boîte à musique pour les remercier de leur aide. Les deux fillettes sont amies avec les fées depuis longtemps et savent très bien qu'une boîte à musique qui s'ouvre toute seule et qui joue de la musique ne peut signifier qu'une chose : il y a de la magie dans l'air!

Karine retient sa respiration et regarde à l'intérieur de la boîte. Elle pousse un petit cri en voyant un bout de papier. Sous les yeux émerveillés des deux amies, des lettres dorées étincelantes apparaissent les unes après les autres.

— C'est un message, murmure Rachel, le cœur battant la chamade.

Les lettres dorées forment une phrase :
Nous… avons… besoin… de… votre… aide!

Nous
avons
besoin
de votre
aide!

— Les fées doivent avoir des problèmes!
s'exclame Karine. Crois-tu que le Bonhomme
d'Hiver a encore fait des siennes?

— Il n'y a qu'un seul moyen de le savoir,
dit Rachel.

Karine hoche la tête.

Les deux fillettes ouvrent les médaillons
dorés qu'elles portent autour du cou et

prennent une pincée de poussière féerique.

— Destination : le Royaume des fées, dit Karine en dispersant la poussière sur elle-même.

— Le Royaume des fées, répète Rachel en imitant son amie.

Les deux fillettes sont immédiatement entraînées dans un tourbillon magique d'étincelles multicolores. Elles se sentent

rapetisser et prendre la taille des fées.
Karine sourit et regarde par-
dessus son épaule. Elle voit
qu'elle a maintenant dans
son dos une paire d'ailes
délicates qui brillent de
magie.

Quelques secondes
plus tard, elles se
posent doucement
au Royaume des
fées. Elles se trouvent
devant un bâtiment
inconnu. Il est
magnifique. Les murs
sont en marbre blanc et de
grands piliers dorés encadrent
des portes étincelantes.

Le roi Obéron et la reine Titania

s'avancent pour saluer les fillettes. Ils sont suivis de sept fées que Rachel et Karine ne reconnaissent pas.

— Merci d'être venues! dit le roi.

— Oui, merci, renchérit la reine. Nous vous avons appelées parce que nos fées des sports ont vraiment besoin de votre aide.

Elle désigne de la main les fées qui se trouvent derrière elle.

— Voici Élise, la fée de l'équitation, Sabrina, la fée du soccer, Pénélope, la fée du patin, Béa, la fée du basketball, Nathalie, la fée de la natation, Tiffany, la fée du tennis et Gisèle, la fée de la gymnastique.

Les fées sourient et leur disent bonjour. Elles semblent toutes heureuses de faire la connaissance de Rachel et de Karine.

— Bonjour, dit Rachel en faisant une révérence au roi et à la reine et en souriant aux fées des sports.

Puis elle regarde aux alentours avec curiosité.

— Euh... où sommes-nous? Je ne reconnais pas ce coin du Royaume des fées.

— Nous sommes devant le centre sportif du Royaume des fées, explique Élise. Toutes les manifestations sportives ont lieu ici.

— Venez voir, dit la reine en tendant la main vers les portes dorées qui s'ouvrent immédiatement.

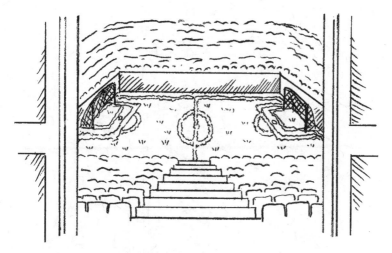

Karine et Rachel suivent les fées à
l'intérieur d'un grand stade. Des rangées de
sièges blancs entourent le terrain de soccer.
Jamais les fillettes n'ont vu un gazon aussi
vert.

— Oh là là! murmure Karine. Mon père
adorerait cet endroit!

— Ce n'est pas tout, ajoute Nathalie. Pour
l'adapter à un autre sport, il nous suffit de
faire ceci...

Elle agite sa baguette qui laisse échapper

un jet de poussière étincelante. Le terrain de
soccer brille d'une lueur dorée et une brume
aux couleurs de l'arc-en-ciel le recouvre. Puis
la brume se dissipe et à la place du gazon se
trouve maintenant une piscine remplie d'eau
turquoise que le soleil fait miroiter.

Rachel cligne des yeux.

— C'est formidable! s'exclame-t-elle avec
admiration.

La reine sourit.

— Nos fées des sports rendent les sports amusants et passionnants, au Royaume des fées comme dans le monde des humains, explique-t-elle.

— Et nous faisons aussi en sorte que les événements se déroulent bien et que tout le monde joue franc-jeu, ajoute Pénélope, la fée du patin.

— Comment faites-vous cela? demande Karine.

— Avec nos objets magiques, lui dit Sabrina. J'ai un ballon de soccer magique, Nathalie a des lunettes de natation magiques, Tiffany a une raquette de tennis magique...

— Mais plus maintenant, ajoute tristement Tiffany. Nos objets magiques ont été volés!

Une bande de voleurs

— Volés? reprend Karine. Que s'est-il passé?

— Eh bien, commence Béa, quand nous n'utilisons pas nos objets magiques, nous les gardons dans nos casiers, ici au centre sportif. Mais quand nous sommes venues les chercher ce matin, nos casiers étaient vides!

— Qui a bien pu les prendre? demande

Rachel.

Puis elle soupire, parce qu'elle connaît déjà
la réponse.

Gisèle hoche la tête, comme si elle lisait les
pensées de Rachel.

— Oui, dit-elle.
Le Bonhomme
d'Hiver et ses gnomes.
Nous avons des
clés spéciales pour
nos casiers.

Elle montre aux
fillettes la minuscule
clé recourbée accrochée
à une chaîne en argent
qu'elle porte autour de son cou.

— Nous pensons que le Bonhomme
d'Hiver a utilisé sa magie glaciale pour en
faire des doubles, explique-t-elle.

— Puis il a envoyé ses gnomes voler nos objets magiques avec leurs clés de glace, ajoute Pénélope.

— Allons au bassin magique pour voir comment tout cela est arrivé, suggère la reine Titania.

Elle lève sa baguette. Un tourbillon éblouissant de magie emporte tout le monde jusqu'aux jardins du palais, au bord d'un bassin rempli d'une eau bleue limpide. La reine agite de nouveau sa baguette et de petites vagues de couleur rident la surface.

Les fillettes regardent des images apparaître sur l'eau. Elles voient les sept fées des sports qui volent vers le centre sportif du Royaume

des fées, à l'aube, sur un fond de soleil
levant rouge et orangé. Le terrain est plein
de gnomes. L'un d'entre eux trébuche en
donnant un coup de pied dans un ballon.
Deux autres tentent de se passer un ballon
de basketball, mais ils manquent à chaque
fois. Dans un coin, des gnomes tombent en

essayant de faire le poirier et la roue. Karine
et Rachel regardent les fées se diriger vers les
gnomes.

— Nous essayons toujours d'aider les gens
qui ont du mal à faire un sport, explique
Sabrina.

— Mais c'était un piège, soupire Gisèle.

Les gnomes voulaient juste nous distraire et
nous empêcher d'aller jusqu'à nos casiers!

L'eau du bassin ondule et l'image change
de nouveau. Maintenant, Rachel et Karine
distinguent sept gnomes vêtus de noir et
coiffés de passe-montagne qui escaladent la
façade du centre sportif à l'aide d'une corde.
Ils ne cessent de glisser et de tomber les uns
sur les autres.

Mais au bout d'un moment, ils parviennent
à entrer dans le bâtiment par une fenêtre.

— C'est la fenêtre des vestiaires, dit
Nathalie, là où se trouvent *nos* casiers!

Une fois à l'intérieur, le plus grand gnome
s'écrie :

— Préparez vos clés de glace!

Chaque gnome sort une clé de glace de
sa poche et essaie
d'ouvrir le casier
devant lui.

Tout d'abord, c'est
la confusion : aucun
gnome ne trouve la
serrure correspondant
à sa clé. Mais ils finissent par y arriver.

Une fois les sept casiers ouverts, les voleurs
découvrent les objets magiques qui se trouvent
à l'intérieur : une bombe d'équitation, un

ballon de soccer, un lacet de patin, un ballon
de basketball, des lunettes de natation, une
raquette de tennis et un cerceau. Ils brillent
tous de la magie des fées.

Chaque gnome s'empresse de saisir un objet
magique.

— Bon, n'oubliez pas ce que le Bonhomme
d'Hiver nous a dit, rappelle le plus grand
gnome. Si nous voulons remporter les
Olympiades du Royaume des fées, nous
devons nous entraîner avec les autres gnomes.

Mais assurez-vous de bien cacher les objets quand vous serez dans le monde des humains. Il ne faut surtout pas que les fées les trouvent! Rendez-vous ici dans une semaine... pour remporter les Olympiades!

Les gnomes poussent des acclamations et se précipitent à la fenêtre. Rachel remarque à quel point ils semblent athlétiques maintenant

qu'ils ont les objets magiques des fées des sports en leur possession. Le gnome qui tient le cerceau de gymnastique exécute même une série de saltos arrière avant de sortir!

Puis la scène s'estompe dans le bassin et l'eau redevient transparente.

— Les Olympiades des fées commencent dans sept jours, explique le roi Obéron. Le

Bonhomme d'Hiver sait que quand les objets
magiques sont loin des fées des sports ou de
leurs casiers, les manifestations sportives sont
gâchées partout dans le monde. Plus personne
ne pourra faire de sport comme avant.

La reine hoche la tête.

— Il sait aussi que la magie de ces objets
est puissante; ainsi, les personnes qui sont
à proximité excellent dans tous les sports,
ajoute-t-elle. Et le Bonhomme d'Hiver veut
que ses gnomes remportent les Olympiades
pour mettre la main sur le trophée.

— Quel est le trophée? s'enquiert Karine.

— La coupe olympique
du Royaume des fées,
répond la reine. Comme
elle est remplie de chance,
elle permettrait au
Bonhomme d'Hiver de

jouer toutes sortes de méchants tours!

— Les Olympiades pourraient-elles être repoussées jusqu'à ce que les objets magiques soient retrouvés? demande Rachel.

— Non, dit le roi en soupirant. Les Olympiades des fées sont liées aux Jeux olympiques des humains. Si nous repoussons nos Olympiades, cela entraînera de graves problèmes pour vos Jeux aussi.

— C'est vrai, dit Pénélope. Mais tant que nous n'aurons pas récupéré nos objets magiques, aucun sportif n'excellera.

— Et personne n'y prendra plaisir non plus, ajoute Sabrina.

— Nous devons retrouver nos objets! s'exclame Béa. Sinon les Olympiades et les Jeux olympiques ainsi que tous les sports seront gâchés!

Les fillettes enquêtent

— Nous allons faire tout notre possible
pour vous aider! dit immédiatement Rachel.

— Merci, répond Élise avec gratitude. Vous
savez, les gnomes vont vouloir exercer leurs
nouveaux talents, alors ils vont certainement
montrer le bout de leur nez dans des endroits
liés aux objets magiques.

— Nous allons monter à cheval

aujourd'hui, se souvient Karine. Peut-être que
le gnome qui a pris ta bombe d'équitation
sera là, Élise.

Karine se dit que la petite fée est habillée
pour faire de l'équitation : elle a une veste
verte et un pantalon brun clair avec de

grandes bottes noires.
Mais il lui manque la
bombe d'équitation
noire que portent tous
les cavaliers dignes de
ce nom!

Élise prend un air
enthousiaste.

— Je vais vous
accompagner au cas où il y serait, dit-elle.
Retournons immédiatement dans votre
monde!

Les fillettes disent rapidement au revoir aux

fées, puis Élise agite sa baguette. Quelques
secondes plus tard, elles se retrouvent dans
la chambre de Rachel. Les deux fillettes ont
repris leur taille normale. Elles entendent alors
M. Vallée qui demande : « Êtes-vous prêtes,
les filles? »

Élise se glisse dans la poche de Karine et
les fillettes se dépêchent de descendre. Le père

de Rachel les attend pour les conduire aux écuries. En montant dans la voiture, Karine et Rachel jubilent à l'idée de se lancer dans une nouvelle aventure féerique!

Le trajet prend peu de temps. M. Vallée les dépose devant les écuries.

— Amusez-vous bien! leur dit-il alors qu'elles descendent de voiture. Je viendrai vous chercher à la fin de votre leçon!

— Au revoir, papa! lance Rachel.

Elle se tourne vers Karine et ajoute :

— Notre instructrice s'appelle Viviane. Allons la chercher!

Pendant que les fillettes se dirigent vers les écuries, Élise jette un coup d'œil hors de la poche de Karine.

— Je sens beaucoup de confusion ici, dit-elle d'un ton anxieux. Je me demande ce qui se passe.

Rachel et Karine font le tour du manège et découvrent avec effroi le chaos qui y règne. Des chevaux et des poneys trottent ici et là sans cavalier et le personnel des écuries court dans les tous les sens pour les attraper. Une fillette essaie de se mettre en selle, mais la sangle n'a pas été bien serrée. La selle glisse,

provoquant la chute de la fillette.

Karine va l'aider à se relever.

Heureusement, elle n'est pas blessée.

Elle remercie Karine avant de retourner à
son cheval.

Une dame rousse arrive en toute hâte et
Élise replonge dans la poche de Karine.

— Bonjour Viviane, dit Rachel à la dame.
Est-ce que tout va bien?

Viviane soupire.

— J'ai bien peur que les choses n'aillent pas très bien aujourd'hui, dit-elle aux fillettes. Je vais essayer de tout régler avant votre leçon. Rachel, tu monteras Sable noir et ton amie montera Aragon. Vous pouvez aller seller les chevaux. Je vous rejoindrai dès que tout sera rentré dans l'ordre.

— D'accord, dit Rachel.

Karine et elle vont chercher leurs poneys. Elles ont à peine fait quelques pas qu'une cavalière les dépasse, assise à l'envers sur sa selle!

— Oh non! s'exclame Viviane en se
précipitant pour aider la pauvre cavalière.

Puis elle lance aux fillettes par-dessus son
épaule :

— Allez-y. Je vous rejoindrai au manège!

Élise jette un coup d'œil inquiet autour
d'elle.

— C'est terrible, dit-elle. C'est à cause de la
disparition de ma bombe d'équitation. Si je

l'avais encore, rien de tout cela ne se
produirait!

Soudain, elle fronce les sourcils, perdue dans
ses pensées. Puis son visage s'illumine.

— Elle est ici, s'exclame-t-elle! Ma bombe
d'équitation magique est ici. Je sens sa
présence.

Elle regarde avec désarroi un autre cheval
passer sans cavalier et ajoute :

— Nous devons la trouver rapidement
avant que les choses empirent!

Rachel et Karine vont seller leurs chevaux.
Elles ouvrent l'œil dans l'espoir de repérer
les gnomes qui ont la bombe d'équitation
magique d'Élise.

— Tout doux, Aragon, dit Karine en
caressant le poney à la robe caramel tandis
qu'elle ajuste ses étriers.

Aragon rejette impatiemment la tête en

arrière. Karine essaie de régler les étriers pour qu'ils aient la même longueur, mais elle ne parvient pas à raccourcir l'une des courroies en cuir.

— Ah! dit Élise en se posant sur l'épaule de Karine. C'est la disparition de ma bombe magique qui entraîne tous ces problèmes, mais je connais un truc qui pourrait t'être utile. Si tu fais passer la courroie dans l'étrier, ça la raccourcit. Regarde!

Elle agite sa baguette. Épatée, Karine regarde la courroie de l'étrier se défaire, passer à travers l'étrier, puis se rattacher. Les deux étriers ont maintenant exactement la même longueur.

— Merci, Élise! dit Karine en souriant.

De son côté, Rachel a du mal à passer le mors dans la bouche de Sable noir.

— Tout est plus difficile sans ma bombe d'équitation, soupire Élise. Laisse-moi essayer, Rachel.

Elle s'approche de l'oreille gauche de Sable noir et lui parle doucement. Rachel n'entend pas ce qu'elle dit, mais comme par magie, le cheval semble disposé à accepter le mors.

— Merci, dit Rachel avec gratitude. Viviane a dit de la retrouver au manège, n'est-ce pas? Allons-y!

Les fillettes traversent les écuries et mènent leurs poneys au le manège. En arrivant,

elles sont surprises de voir un garçon monté
sur une jument grise. Il décrit des cercles au
petit galop avec assurance. Il semble avoir
beaucoup plus de facilité que tous les autres
cavaliers que les fillettes ont vus jusqu'à
présent!

Rachel et Karine s'arrêtent pour le regarder
attentivement. Quand la jument grise saute
par-dessus une barrière, la bombe du cavalier
se soulève légèrement. Karine pousse un petit

cri étouffé. Le garçon a le nez vert et pointu!

— C'est un gnome! murmure-t-elle à ses deux amies.

— Et il porte ma bombe d'équitation magique! s'exclame Élise, agacée.

Rachel fronce les sourcils.

— Mais la bombe est si grande, remarque-t-elle. Je m'attendais à ce qu'elle ait gardé sa taille du Royaume de fées.

— Oh non! explique Élise, nos objets magiques prennent toujours la taille de la personne qui les détient.

— Alors, comment allons-nous la récupérer? pense Karine à voix haute.

Si le gnome nous voit approcher de sa bombe d'équitation, il lui suffira de partir au galop.

Rachel réfléchit à la question, puis demande :

— Élise, quel est l'aliment préféré des chevaux?

— La plupart des chevaux adorent les morceaux de sucre, répond Élise.

Rachel sourit.

— Pourrais-tu utiliser ta magie pour en faire apparaître? demande-t-elle.

La petite fée hoche la tête.

— Bien sûr, dit-elle en agitant sa baguette.

Des cubes de sucre blanc scintillants

apparaissent
immédiatement dans
la main de Rachel.

— Super! s'exclame
cette dernière.
Maintenant, essayons d'attirer ce cheval
vers nous en parsemant le sol de ces cubes
de sucre. Ensuite, nous pourrons tenter de
convaincre le gnome de nous rendre la
bombe d'équitation!

— Bonne idée, dit Karine.

Élise agite de nouveau sa baguette et une
pluie de poussière magique en forme de fer
à cheval déferle sur les cubes de sucre. Un
par un, ils sautent de la main de Rachel,
rebondissent dans l'herbe et forment une
traînée allant des fillettes jusqu'au cheval du
gnome.

La jument grise remarque vite les cubes de

sucre. Elle cesse de galoper et baisse la tête
pour manger l'un des cubes.

Le gnome semble un peu perplexe à la vue
des cubes de sucre. Il regarde autour de lui
et aperçoit les deux fillettes dans un coin du
manège. Il fronce les sourcils et demande :

— Que faites-vous ici?

Il prend un air méfiant et il touche sa
bombe d'équitation d'un geste protecteur
avant d'ajouter :

42

— Hé! Vous n'auriez pas aperçu des fées par ici?

Rachel et Karine échangent un regard consterné. Comment vont-elles répondre franchement à cette question… sans que le gnome prenne la fuite?

Une poursuite au galop

Rachel répond sans tarder.

— Des fées? demande-t-elle. Je ne vois aucune fée dans les parages.

C'est la vérité, étant donné qu'Élise est cachée au fond de la poche de Karine. La jument grise s'approche de plus en plus des fillettes, mangeant les cubes de sucre les uns après les autres.

— La bombe d'équitation que tu portes…
commence à dire Karine au gnome. Elle ne
t'appartient pas, n'est-ce pas?

Le gnome sourit d'un air malin.

— Non, mais je la garde, lui répond-il
en faisant un clin d'œil. Elle va aider mon
équipe à remporter les Olympiades des fées!

— Mais ce serait tricher, dit Rachel. Si tu
nous la redonnes, nous la rendrons à sa vraie
propriétaire.

Le gnome ricane et secoue la tête.

— Pas question, dit-il. Elle est à moi maintenant. Je vais montrer à ces fées... Hé!

Il s'interrompt quand Élise surgit de la poche de Karine et fonce vers sa bombe d'équitation d'un air résolu.

— Arrête! Qu'est-ce que tu fais? s'écrie-t-il.

Élise tire à deux mains sur la bombe magique du gnome, mais elle est trop lourde pour elle et elle ne parvient pas à s'en emparer.

— Ah non!
Tu ne l'auras pas!
hurle le gnome.

Il fait de grands
gestes pour chasser
Élise, s'accroche
aux rênes de sa
monture et la jument
part au petit galop,
laissant la fée loin derrière.

— Tu ne pourras pas
m'attraper! lance-t-il d'un ton railleur.

Rachel et Karine courent à leurs poneys, se
mettent en selle et se lancent à la poursuite du
gnome. Élise vole à leurs côtés.

— Essayez de rester le plus près possible du
gnome, conseille-t-elle. Tant que vous serez à
proximité de la bombe d'équitation magique,
son pouvoir aura un effet sur vous et vous

aussi chevaucherez facilement.

— D'accord, répond Karine en se penchant sur Aragon et en le talonnant pour le faire aller plus vite.

— Mais l'inverse est vrai aussi, ajoute Élise. Plus vous serez loin de la bombe magique, plus vous aurez du mal à vous tenir en selle.

— Allez, Sable noir, dit Rachel d'un ton

insistant. Plus vite!

Les fillettes gagnent peu à peu du terrain sur
le gnome. Elles se rendent compte qu'Élise a
raison. Plus elles se rapprochent de la bombe
d'équitation, plus c'est facile.

Le gnome jette un coup d'œil par-dessus
son épaule et semble paniqué en voyant que
les fillettes le suivent de près. Il pousse sa
jument qui redouble de vitesse et s'éloigne
rapidement d'Aragon et de Sable noir.

Karine sent alors qu'elle perd la maîtrise de son cheval. Comme le terrain est inégal, Aragon trébuche et ralentit nerveusement.

Rachel a du mal à rester en selle elle aussi, mais elle sait qu'elles doivent se rapprocher de la jument grise du gnome.

— Vas-y mon beau, dit-elle pour encourager sa monture. Tu peux y arriver!

Les trois chevaux se dirigent maintenant vers une grande haie qui borde un pré. Il faut sauter très haut pour passer par-dessus, mais la jument grise n'hésite pas. Elle fonce à toute allure! Grâce à la magie de la bombe d'équitation,

elle franchit
aisément
l'obstacle,
laissant les
fillettes loin
derrière.

Comme la
grande haie les sépare maintenant de la
bombe d'équitation d'Élise, la magie se dissipe
complètement. Rachel perd le contrôle de son
cheval et ballotte sur sa selle.

Karine se fait secouer elle aussi. Elle a très
peur! La haie se rapproche et semble de plus
en plus haute. Elle n'est pas sûre qu'Aragon
pourra sauter suffisamment haut, surtout
maintenant que ses compétences de cavalière
semblent avoir disparu. Elle essaie de trouver
un moyen d'arrêter son poney, mais la peur
l'empêche de penser. Elle ne se souvient plus

de rien!

Karine jette un coup d'œil à Rachel. Elle se demande si son amie peut l'aider, mais Rachel semble aussi terrifiée qu'elle. Elle est livide et s'accroche désespérément à Sable noir. Son poney fonce vers la haie.

Les mains de Karine sont moites. Soudain, les rênes glissent de ses mains.

— Au secours! hurle-t-elle en se sentant tomber.

Élise sauve la mise!

Juste au moment où Karine va heurter le sol, un éclair de lumière rose l'éblouit.

Elle se sent devenir de plus en plus petite et se transformer en fée aux ailes scintillantes.

Elle bat des ailes, ravie d'avoir évité une chute, et monte en flèche dans les airs.

La même chose arrive à Rachel et les deux fillettes se dirigent vers Élise.

— Merci!
s'exclame Rachel,
le souffle coupé.
C'était effrayant!
Aragon et Sable
noir sautent par-
dessus la haie sans
leurs cavalières et s'arrêtent dans le pré voisin.
Ils baissent la tête et se mettent à brouter de
l'herbe.

Les trois fées s'assurent que leurs poneys

sont en sécurité, puis elles
foncent à la poursuite du
gnome dont la jument
galope toujours.

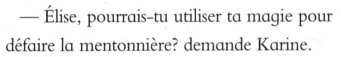

— Nous devons trouver
un moyen d'enlever la
bombe d'équitation de sa
tête, dit Rachel tout en
volant. Mais comment?

— Élise, pourrais-tu utiliser ta magie pour
défaire la mentonnière? demande Karine.

Élise hoche la tête. Karine montre du doigt
la jument du gnome qui s'apprête à faire un
autre saut.

— Si nous le rattrapions à temps, tu
pourrais défaire la mentonnière juste après le
saut. Ainsi, quand la jument touchera le sol, il
perdra sans doute la bombe…

— … et nous pourrons la récupérer! conclut

Rachel.

— C'est une excellente idée, dit Élise d'un ton rempli d'espoir. Allons-y!

Les trois fées volent vers le gnome.

— Bien entendu, quand il aura perdu sa bombe, le gnome ne montera plus très bien, murmure Élise. Je dois veiller à ce qu'il ne se fasse pas mal.

— Il s'apprête à franchir l'obstacle! s'écrie Rachel.

Élise pointe sa baguette en direction de la bombe magique. Au moment où la jument grise saute la haie, un nuage d'étincelles roses flotte dans les airs. Le gnome et sa monture atterrissent de l'autre côté et la bombe d'équitation dégringole!

Rachel et Karine se précipitent et l'attrapent au vol toutes les deux. La bombe se met immédiatement à luire et reprend sa

taille du Royaume des fées.

Quant au gnome, il a complètement perdu
la maîtrise de son cheval. Il rebondit plusieurs
fois sur la selle, puis finit par tomber.

— Aaaah! s'écrie-t-il, paniqué.

Mais d'un petit geste adroit, Élise dirige
sa baguette vers un abreuvoir tout près qui
s'envole dans les airs et vient se placer sous le

gnome avant qu'il ne touche le sol. Le gnome tombe dedans avec un grand *plouf*! Karine et Rachel ne peuvent s'empêcher de rire. Elles savent que les gnomes détestent être mouillés!

— Ça lui apprendra à tricher, dit Rachel alors que le gnome sort de l'abreuvoir, dégoulinant d'eau.

— Tu devrais retourner te sécher au Royaume des fées, suggère Élise.

Le gnome part en soufflant et en traînant les pieds. Karine et Rachel rendent la bombe d'équitation magique à Élise qui la remet sur sa tête avec un soupir de soulagement.

— Merci, dit-elle.

Elle touche l'objet magique de sa baguette

et un nuage d'étincelles roses l'entoure.

— Ça y est, dit-elle gaiement. J'ai remis les choses en ordre. Désormais, l'équitation sera un sport amusant et sans danger pour tout le monde!

— Hourra! s'exclament Rachel et Karine.

Élise leur fait un câlin, puis elle agite de nouveau sa baguette pour leur redonner leur taille habituelle.

— Merci encore, les filles, dit-elle. Je retourne immédiatement au Royaume des fées pour annoncer la bonne nouvelle aux autres!

— Au revoir, Élise, dit Karine en saluant la petite fée de la main.

Rachel et Karine la regardent s'éloigner.

— Oh! vous êtes là! Et vous avez trouvé

Malice. Merci!
lance une voix.

Les fillettes se
retournent et voient
Viviane se diriger
vers elles depuis
l'autre bout du pré.

Rachel et Karine échangent un regard.
Elles comprennent que la jument grise que

le gnome montait
s'appelle Malice.

— Oui, dit Rachel.
Elle était dans le
manège et nous
l'avons suivie jusqu'ici.

Viviane semble vraiment soulagée.

— Heureusement que vous étiez là, les filles.
Elle a dû se sauver quand c'était le chaos
dans les écuries. Merci beaucoup. Je vais la
ramener et nous pourrons commencer votre
leçon. Je suis désolée pour ce retard, mais tout
semble rentrer dans l'ordre maintenant.

Karine et Rachel échangent un sourire.
Elles savent exactement pourquoi tout rentre
dans l'ordre. C'est parce qu'Élise, la fée de
l'équitation, a récupéré sa bombe d'équitation
magique.

— C'était une aventure vraiment exaltante,

dit Rachel en montant sur Sable noir.

Elle remarque que c'est beaucoup plus facile maintenant.

Karine hoche la tête et dit :

— Oui, mais il nous reste six objets magiques à trouver avant les Olympiades des fées.

Puis elle ajoute avec un grand sourire :

— Ce séjour dans ta famille va être vraiment par-fée!

Maintenant, Rachel et Karine doivent aider

Sabrina,
la fée du soccer

Les gnomes du Bonhomme d'Hiver ont dérobé le ballon de soccer magique de Sabrina. Rachel et Karine pourront-elles l'aider à le retrouver avant que les Olympiades des fées ne soient gâchées?

Voici un aperçu de leur prochaine aventure!

Fervent partisan

Rachel Vallée jette un coup d'œil à son père en descendant de la voiture et lui lance en riant :

— Tu es superbe, papa!

M. Vallée porte un chandail de soccer bleu et blanc ainsi qu'un foulard de partisan. Son visage est maquillé de bandes bleues et blanches et il arbore une perruque aux couleurs de l'équipe.

— Cette perruque est fantastique! Il sera sans aucun doute le plus beau partisan de l'Impact de Combourg! renchérit en souriant Karine Taillon, la meilleure amie de Rachel.

Elle passe la semaine de relâche dans la famille Vallée.

Rachel acquiesce d'un signe de tête avant d'ajouter :

— En tout cas, je suis bien contente que maman et moi nous soyons contentées d'un foulard. Cette perruque doit tenir chaud!

— C'est vrai, mais je veux apporter tout mon soutien à l'équipe, dit M. Vallée.

Ils quittent alors le terrain de stationnement et se joignent à la foule de partisans qui se dirige vers le stade J. Fontaine.

— C'est un match très important, les filles,
souligne le père de Rachel. Si l'Impact de
Combourg bat le CS Jolimont, l'équipe
accédera à la division supérieure!

Rachel et Karine échangent un regard
préoccupé. Elles ont peur que le match ne
tourne au désastre, car les objets magiques
des fées des sports ont disparu! Tant que
ces objets sont avec leurs gardiennes ou
rangés dans leurs casiers, les sports sont
amusants et sécuritaires dans le monde des
humains comme au Royaume des fées.
Malheureusement, le malicieux Bonhomme
d'Hiver et ses gnomes ont dérobé tous les
objets!

LE ROYAUME DES FÉES
N'EST JAMAIS TRÈS LOIN!

Dans la même collection

Déjà parus :

LES FÉES DES FLEURS
Téa, la fée des tulipes
Claire, la fée des coquelicots
Noémie, la fée des nénuphars
Talia, la fée des tournesols
Olivia, la fée des orchidées
Mélanie, la fée des marguerites
Rébecca, la fée des roses

LES FÉES DE LA DANSE
Brigitte, la fée du ballet
Danika, la fée du disco
Roxanne, la fée du rock'n'roll
Catou, la fée de la danse à
claquettes
Jasmine, la fée du jazz
Sarah, la fée de la salsa
Gloria, la fée de la danse sur glace

LES FÉES DES SPORTS
Élise, la fée de l'équitation
Sabrina, la fée du soccer
Pénélope, la fée du patin

À paraître :
Béa, la fée du basketball
Nathalie, la fée de la natation
Tiffany, la fée du tennis
Gisèle, la fée de la gymnastique